명랑생각

황금알 시인선68

명랑생각

초판발행일 | 2013년 5월 31일
2쇄 발행일 | 2014년 4월 25일

지은이 | 최명란
펴낸곳 | 도서출판 황금알
펴낸이 | 金永馥
선정위원 | 마종기 · 유안진 · 이수익 · 문인수
주 간 | 김영탁
편집실장 | 조경숙
표지디자인 | 칼라박스
주 소 | 110-510 서울시 종로구 동숭동 201-14 청기와빌라2차 104호
물류센타(직송 · 반품) | 100-272 서울시 중구 필동2가 124-6 1F
전 화 | 02)2275-9171
팩 스 | 02)2275-9172
이메일 | tibet21@hanmail.net
홈페이지 | http://goldegg21.com
출판등록 | 2003년 03월 26일(제300-2003-230호)

값 8,000원

ISBN 978-89-97318-43-8-03810

명랑생각

최명란 시집

황금알

한 존재가 한 존재를 만나서 한 시기가 지난다.

차 례

1부 봄꽃처럼 붉었다

2부 사랑은 백 년

3부 잔상

1부

봄꽃처럼 붉었다

유두

비 오는 날 우산도 없이

당신은 백 년쯤 묵었을 쓸쓸한 어깨로 뒷골목 곱창구
이 집 미닫이문에 기댑니다

곱창 대창 막창 돼지껍데기, 부위별로 팝니다

당신이 주문한 안주는 돼지껍데기 2인분

가로 3센티 세로 3센티 사각으로 썬 돼지껍데기에 유
두 두 알이 붙어있습니다

뜨거운 불판 위의 껍데기가 수축할수록 탱탱 더 동글
어지는 어린 유두 두 알

분명 한 번도 물려보지 않은 젖꼭집니다

물리는 게 젖꼭지야

불길이 솟구치는 사이에서 꼼짝없는 자리를 지키고 노
릇하게 익어가며 허기진 당신의 입에 젖꼭지를 물립니다

그렇다고 그걸 콩가루 초고추장에 꾹 찍어 짜글짜글
씹어 먹을까

술은 처음처럼 한 병

처음처럼 소주는 처음처럼 빨아 마십니다

지상에 태어나 처음처럼 빨아 마셨던 엄마의 유두처럼
반복해서 쪽쪽

유두든 소주든 빨아 마시기만 하면 목울대가 찌르르 조이는 건 마찬가집니다

이 땅엔 유두 수가 너무 많고 유두 간의 거리는 너무 멉니다

쇠젓가락으로 꾹꾹 유두를 누릅니다

요리조리 뒤집으며 기름을 빼고 물기도 빼고 완숙 때까지 꾹꾹

다시 물큰, 살아나는 돼지 한 마리 또는 두 마리 혹은 세 마리…

밖엔 계속 빗소리

불타는 조개구이

을왕리 해변 불타는 조개구이집
한 손엔 집게를 들고 한 손엔 하얀 장갑을 끼고
피어나는 불 위에 조신조신 나를 올려놓아요
불타는 내가 시뻘건 숯불 위에서 불경한 입을 쩍쩍 벌
리며
석쇠 이쪽에서도 폴짝 석쇠 저쪽에서도 폴짝거려요
뽀글뽀글 허연 육즙을 껍질 안쪽에 고스란히 품고
명랑한 생각에라도 사로잡혔나 봐요
바싹 마르기 전에 질겅질겅 어서 드셔요
절정은 그리 오래가지 않아요
당신을 사랑하는 일, 이 화형의 절정
사랑의 음모에 수작에 휘말려 불타는

뼈와 뼈

다가오는 모든 사랑을 거절하지 않기로 한다

악기는 대개 뼈로 이루어져 있다는 생각
뼈와 뼈가 부딪쳐 소리를 낸다는 생각
사랑도 너와 나의 뼈가 부딪치며 내는 소리라는 생각
뼈아픈 사랑이란 생각

어느 쓸쓸한 저녁
당신은 내 가슴의 깊은 적막을 깨고 뼛속까지 뚜벅뚜
벅 걸어 들어왔다
뼈다귀의 소멸은 모든 육체의 소멸

사랑은 가도

지하철 창밖으로 백 년 전의 그대가 서 있고
백 년 후의 나는 지하철 안에 서 있네
떠나보내며 사랑을 알게 된다는 이 보편적 진리
창밖의 그대가 사랑해라고 말할 때
지하철을 따라 좌우로 흔들리는 내 몸에 주름이 하나
생긴다
그대를 사랑하며 흔들리며 간다
그대를 사랑하며 그리워하며 간다
그대를 사랑하며 주름이 늘어간다
백 년 전에도 흔들 만큼 흔들어라
백 년 후에도 흔들릴 만큼 흔들려라

입

배꼽도 입이었다
입으로 먹고 입으로 숨 쉬었다
배꼽으로 먹고 배꼽으로 숨 쉬었다
이는 똑같은 두려움
안녕? 안녕, 안녕…
깜깜해요
배꼽을 중심으로 트랙을 돌 때
회전판은 언제나 어지러웠다
어디가 아픈가요?
입이 아픈가요? 배꼽이 아픈가요?
전반적으로 아픈가요?
안개가 규격에 맞게 몸을 포갰다
그럴 때 꼭 개가 왕왕 짖는다
배꼽을 맞추는 일, 입 맞추는 일
중심을 잡고 중심을 맞추는 일

허공

새는 날면서도 허공의 젖을 빤다
-어딜 가나 젖과 꿀이 넘치는 세상이라면
나무도 꽃도 별도 달도 빌딩도 가로등도 전신주도 허
공의 젖을 빤다
-솟아있는 모든 것들이
허공은 가슴팍이 넓어서요 그리워할 건 허공뿐
존재하는 그 모든 것엔 상대역이 있어
늘 같은 행간에 쉼표를 찍고 무지막지 빨리고도 아무
렇지 않은
비우고 비우고도 다시 비워버리는 허공
텅 빈 자리에 또 젖이 차올라요
빌딩 가로등 전신주
부리가 길다고 쉽게 빨아먹을 수 있는 건 아니야
-긴 부리는 부득이 접근을 삼가십시오
매번 같은 리듬 같은 박자로만 콕콕
종일 같은 소리로만 콕콕
그게 아니라고 익숙한 거짓말이라도 해봐요
절정만 꿈꾸다 한 번도 절정이 되어보지 못한 허공
노출이 심한 듯 다 감춘 듯 표나지 않는 허공의 노동

익명이 아니고서는 저리… 어떤 기호도 다 받아 먹일
까 유전자 없이도
　허공, 저 머저리 같은

결혼

두 포크레인이
어기적어기적 다가가
서로의 영역을 푹푹 파먹고
후진할 길이 없어
퇴로만 고민하다
그렇게……

픽션

라일락 리라 수수꽃다리
이 아름다운 이름들이 모두 하나의 이름이라니
내일의 음자리 리라!
친밀한 입술이 똑같이 부르는 이름
수수꽃다리!
상냥한 마음속에서 풍성하게 흔들리는 가슴 같아
바라보면 마음이 촉촉해진다
라일락! 하고 부르면 관대해진다
용서도 쉽게 해진다
무리지어 있으면서 쓸쓸해 말없이 고개 떨구고
변덕스런 혀끝에 닿으면 쌉쌀
고독한 맛이 날 것 같은
라일락 리라 수수꽃다리

수박

저 붉은 농염을 봤나
칼끝을 댄 듯 만 듯
쩍 열리는 문
입에 넣자마자 물이 되고 마는
이
시건방을 봤나

한 사람

지구의 저편
한 사람을 생각한다
기다리는 일도 그리워하는 일도 사랑의 방식… 구름은
산 너머

한 사람을 사랑하는 일은
세상 모든 사람이 흑백으로 보일 때
단 한 사람 컬러로 보이는 것

아. 그때는 삼십
지금은 오십

하지만 엄중하게 현존하는 이 시점을 사랑하고 사랑
한다

과거는 과거
오늘은 오늘

한 사람을 생각하는 하루가 간다
한 사람을 생각하는 별이 진다

오후의 그늘에서

아가씨~! 아~가~씨! 아~가~씨~!

열 번쯤 불렀을 때

누구? 나?

아가씨가 아니구나…

뒷장면은 아가씨, 앞장면은 아줌씨

대단할 거 없어지는 오후

　저기…경락 마사지…요…저 건물 3층…요…제 남편이
하는데…요…너무 잘~해요…너…무…잘~해요…밤늦
게까지 하거든…요…너무너무 잘해요…

　고통을 주는 일을 잘하나요 고통을 만지는 일을 잘하
나요
　잘하기로 치면 저 남편만 잘하나요

한 오십 넘기면 누구나 다 잘해요

명확한 계절은 사랑의 위력

서러운 세월만큼 잘해주세요

일곱 살에 인생을 말하다

엄마가 끓여주는 라면 한 그릇 뚝딱 먹고
무거운 주전자의 물은 내가 따라 마시고, 학원가는 길,
주전자는 엉덩이가 너무 크단 생각!
포장마차 옆에 서서 오뎅 한 꼬지 사 먹고
그래도 더 먹고 싶어 떡볶이 한 컵 사 먹고
PC방에 들러 스타크래프트 한 시간, 1,000원 꼴깍 날리고
아무래도 전쟁은 사람의 희생이 너무 크단 생각!
손도 커다랗고 몸도 커다란 플라타너스 옆에 쪼그리고
발발발 개미가 기어가는 길을 지켜보다
구둣발이 난폭해지는 건 순식간
인간은 꼭 개미를 죽여야 하난 생각!
햐~갑자기 달려드는 오토바이에 깜짝, 자빠져 쳐다본
저 하늘의 구름은 모두 내 머릿속에서 빠져나간 것들이란 생각!
문구점에 들러 딱지 한 장 사고
머리를 맞대고 얼얼얼 궁리질인 아이스크림 하나 사서 입에 물고

콧노래를 흥얼거리기도 하다가
그러다 시간 다 가고 집에 다 와버렸네
배탈이 나고 감기도 걸리고
학원도 못 가고, 안 가고,
어제 갔던 길, 다시 유턴
오늘 갔던 길 내일 또 간다

매트릭스

지금, 또 다른 매트릭스엔
부표를 띄운 인공산란장에서 물고기를 생산하고
인간은 공장에서 배아기계로 아기를 생산하는 거야
옷을 입은 채 신발도 신은 채 수화기 속으로 쏘옥 빨려
들어가 보면 알아
지상의 말라붙었던 수양버들에 연둣빛 물때가 피어오
르면
정자와 정자를 결합해 만든 오장육부를 조립하고 제조
기로 출력하는 거야
이때 제조공정에서의 원가산정을 위한 부분제조계산
표도 작성할 수 있어
기계가 아기를 낳아 녹빛 젖을 먹이고
아기를 일어서게 하고 나아갈 길을 안내하고
기계가 아기를 먼저 알아보고 아기를 미소 짓게 하고
아기의 심장을 팔팔 뜨겁게 하는 거야
아기가 자라 기계의 진동판에 머리를 기댈 때 원가미
달의 상실감을 치유하는 약은 없어
감정을 다스리는 일이란 물거품 잡는 일과 같아서 사
랑이 없다는 것도 때론 행복이야

위험한 연애에 손을 댈수록 기계는 저 혼자 후끈 달아
오르지

기계가 낳은 인간은 누가 뭐래도 꿈쩍 않는 단단하고
야무진 사람

인간이 만든 엄지는 너무 뚱뚱하거나 너무 짧아

그 모양의 엄지로 아무리 불러봤자 사랑은 빨리 오지
도 않고 와서는 너무 빨리 가버려

그러니 갈라지지도 않은 기계에서 먹물이 배어 나오지

그럴 때 인간은 약속되지 않은 곳에서 밥을 먹고 약속
되지 않은 곳에서 잠을 자는 거야

기계가 낳은 누군가의 엄마 아빠가 출근을 하고

기계가 낳은 누군가의 아들딸이 등교를 하고

엘리베이터 안에서 허깨비처럼 나란히 서도

나도 아니고 너도 아닌 사람들

기계의 남은 생을 혼신 불태워야 할 인간들이야

동족

시인과
달팽이와
마누라는
거품을 토해내는 동족

밥!

밥은 일회성 발음양식
밥! 하는 순간 입을 꾹 다물어버린다
입술의 협력만으로도 밥! 하고

입 열지 마라
밥의 이력이 끝날 때까지

불치의 밥이 당도하는 곳은 입 속의 밥

밥을 파먹기 위해 목마른 것들이
오래된 입술의 초입에 둘러앉아 진을 치고 있다

꾹 다문 입 열지 마라

밥! 하고,

술과 술래

수돗물에 술을 탔나 세수를 하는데 술에 취한다

여태 내가 나를 데리고 살았는데 그거 모를까봐

술에 취해 쓸개 빠진 나 씻고 보면 다르나

무궁화 꽃이 피었는데 술래는 어디 가고

가로등이 눈에 불을 켜고 기다리고 있다

술래는 반드시 눈을 감아야 하나

만취해서 모른 척하면 몰라지나

내게 젖은 내가 젖은 빨래마냥 무겁다

하늘을 배경으로

솟대 끝 목기러기가 보름달을 물고 있다
손 흔들며 가는 것들은 모두 끝에 달려 있다
달이
낙엽이
꽃이
물방울이
입맞춤이
가는 것들에겐 모든 게 용서 가능한 것이다

닭을 조용히 시키는 방법

닭 잡는 날 닭들이 조용해졌습니다
갖가지 울음으로 시끄럽던 닭장이 차라리 정적입니다
어머나 밥을 주던 저 손이 우리 목을 비틀다니요
마당에 솥을 걸고 불을 지피고 물을 끓입니다
끓는 물들의 난해한 맥박소리
잠을 잘 수도 없는 대낮에 우린 그 소릴 들어야 해요
지켜보며 익어가는 냄새까지 맡아야 해요
단지 좀 울었을 뿐인데 좀 시끄럽게 했을 뿐인데
왜 죽는지 몰라요 죽어야 할 이유도 몰라요
수탉은 한 마리로 충분해
유정란을 낳는 일도 암탉들을 건사하는 일도 한 마리
면 충분해
과다복용은 있어도 공평한 게임은 없나 봅니다
부리로 마당을 파헤쳐
가장 총애하는 암탉에게 지렁이를 먹이며 밝히던
수탉의 눈알!
이미 들어간 솥에야 무슨 공포가 있겠습니까
활활 타는 아궁이에 햇볕은 죽어라 더 쪼아대고
심장 옆엔 또 한 심장이 뛰고 있습니다

복불복입니다
닭을 조용히 시키는 방법입니다

지하철 안에는 주의 사항이 없다

모든 행위는 기호
행위는 어차피 설정

우리가 여럿 모여 사는 이유는 모두가 어리석기 때문
이다

지리산 봄날

다람쥐가 개구리를 통째로 삼킨다
그걸 보고 새가 운다
새가 앉은 가지 잎사귀의 앞과 뒤는 이미 한 몸
이럴 때 푸른 잎이 비명에 간다
계절을 가로질러 나온 등이 까만 민달팽이
암수 서로 꽁무니를 문 민달팽이에 취해버린 초록뱀
마른 잎 사이로 심심히 기어오른 빛깔
겨울을 지나 솟아오른 아찔한 봄 것들
계곡은 하루도 다리를 모으고 누워본 적이 없어
가끔 저 혼자 뛰기도 하면서
돌출된 바위에 부딪혀 박살이 나기도 하면서
그 속에 꽃을 피우고 열매를 맺는다
꽃을 따먹으면 꽃이 되나 열매를 따 먹으면 열매가 되나
축축한 계곡 가랑이 사이에서 물놀이하는 아이들은
산의 꽃 산의 열매
재잘거리는 물의 소란을 들으며
수렴하는 것으로 마무리
이 모두 달콤한 지층의 한 단면이다

2 부

사랑은 백 년

풀에게

봄비 나리면 제가 갈게요, 그대.

어제 기다린 비

비가 내립니다
어제 우리가 기다렸던 비입니다
홀로 걸었습니다
그대와 함께 뿌려놓은 수많은 거리의 추억과 풍경이
겹쳐 보입니다
내 옆에 항상 그대가 있을 거라는 상념이
내 손 닿는 곳에 그대가 있을 거라는 상념이
그대는 항상 내게 귀 기울이고 있을 거라는 상념이 비
가 되어 내립니다
아니 그건 지금 내가 그렇게 그대에게 귀 기울이며 살
고 있기 때문입니다
혼몽한 가운데 또 걷습니다
비가 내립니다
어제 내린 비입니다
비 내리는 거리를 바라보며 술을 많이 마셨습니다
비 내리는 날 우리가 함께하지 못한 것이 슬퍼서 한 잔
너무 보고 싶어서 한 잔
함께한 추억이 너무 또렷해서 한 잔
그 기억이 비처럼 내려서 한 잔

아, 그런데 그런데 그 많은 인파 속에서 내가 혼자인 것처럼 외로워서 한 잔

그대와의 추억이 기쁜 슬픔으로 다가와 한 잔

그러다 그대로부터 받은 사랑의 호사가 너무 그리워서 한 잔

비가 내립니다

우리가 내일 기다릴 비입니다

다시 걸었습니다

DVD 상영관에서 〈이프 온리〉라는 영화를 봤습니다

"사소한 거부터 심오한 거까지 하나가 되고 싶은 사랑"이라고 여자 주인공이 말했습니다

이 말이 가슴을 울렸습니다

영화 속에서의 사랑은 과거 현재 미래를 자유롭게 오갑니다

우리들의 이야기는 이와 달라서 돌아오지 못할 길을 일희일비하며 가고 있습니다

다시 메밀면을 먹었습니다

그대와 함께 자주 먹었던 메밀면입니다

길게 늘어진 면이 동그랗게 뭉칩니다

길게 삼켜야 할 면발이 짧게 짧게 넘어갑니다

주점에서 우리들의 노래가 흘러나옵니다

소리는 시간을 역행하여 동그랗게 맴돕니다

이 노래가 어디서 흘러나와 어디로 흘러가는지 애써
이해하지 않으렵니다

사랑의 격정 속에서도 고요를 찾기 위해 비가 내립니다

사랑의 비가 내립니다

사랑의 시가 내립니다

그대가 내게 준 맹목과 절대에 가까운 그 사랑과 추억
을 생각하는 것만으로 남은 시간을 살아갈 수 있습니다

어제는 비가 내렸고 오늘도 비가 내립니다

이 별에서 만난 가장 소중한 인연 그대

다독이며 다시 다독이며

내 안의 그대가 그대 안의 내가

그대는 내 안에서 나는 그대 안에서 자유로워지기를

사랑은 백 년

당신을 만나본 지 백 년
가끔 간격 없는 숲 속에서 만나 까무러친 적이 있고
나무의 젖을 빨며 고분고분했다

그리웠어요

당신은 어차피 숲 속에 있는 사람

풍경이 빠른 속도로 지워지고 있다

어느 구멍으로 들왔다 어느 구멍으로 나가나
그리운 쪽으로 팔을 뻗는 나무의 숨구멍으로 번개같이
다녀가시나

남자와 여자는 어디를 포개도 꼭 맞는 체위
그러므로 사이좋은 미친 짓을 하고
이별의 경고에도 사랑을 하고 한다

나무의 젖을 물고 가슴만 할딱거리는 당신

사랑은 나무로부터 나왔기에 이토록 푸른 그림자

당신은 세상의 저쪽, 과도한 사랑, 또는 숲 속 백 년,

야성의 작용

돌도 꽃처럼 보일 때가 있다
누구에게나 평등한 매력이란 없다

흐르는 것은 물, 마르는 것은 피

여름엔 더운 게 가장 힘들다 말하고
겨울엔 추운 게 가장 힘들다 말한다

새들의 행렬은 불가분의 것

나비는 가벼운 웃음으로 근심을 깨우고
늙은 고양이는 정숙할 수밖에 없어 정숙하며
쫓기던 산토끼는 눈 깜짝할 사이 사라진다

강아지를 조상 없이 태어난 아이로 간주해버리나
개들이 하는 짓 조롱거리가 아니다

불은 한 번도 미지근해 본 적이 없어

머리카락을 쓸어 제자리에 올려놓아도 가만있질 않는다

코끼리의 육중한 코를 들어 올릴 때마다
공중에 흩날리는 야생의 꽃잎들

보행자

그림자도 아름다운 사람
그림자의 걸음도 아름다운 사람
너무 빨리 가지 마셔요 걸음이 너무 빨라요
식기도 전에 냉동고에 넣어버리면
더 빨리 상하잖아요
걸음은 왼발부터, 좌측통행이 편한가요?
당신의 심장이 오른쪽에서 뛰고 있어요
내 가슴이 당신의 진동판이잖아요
토마토는 제 가슴에 몇 개의 방을 꾸리고 있나요
당신의 가슴은 꽃잎처럼 연해서
분리할 수가 없어요
심장은 밤새워 놀아도 걸음을 남기지 않아요
당신의 모든 걸 함축한 걸음이 어디로 갔나요
꿈이라 하기엔 너무 빨라요

대답 없는 인사

돌아서서 울면 모르나
등 뒤에 다 보인다

그런 날들이 있다

등 뒤로 흐르는 눈물 닦을 수가 없다

그런 세계가 있다

뒤에서 뒤를 보면 모든 뒤만 보인다

등 뒤에 서서 앞선 등으로 손끝 살짝 올렸을 뿐인데
눈물의 진액이 온몸에 퍼지네

그대 안녕?
그곳은 말이 없는 세상?

그리운 노래

그리워 숨 한 번 터뜨릴 때마다
저 하늘의 은하를 하나씩 지울 수 있다면
아마 은하는 메말라 버릴 것입니다
외치고 싶고 돌아오는 메아리까지 느끼고 싶은 이름
태양보다 더 강한 정열과
금성보다 더 밝은 순결과
토성과 같은 새이한 신비와
그리고 너무 멀어 아직 찾지 못한
명외성의 고요함을 고이 간직하고 있는 그대

사각지대

아무리 손을 돌려도 닿지 않는 곳이 있다
혼자라는 건 이런 것이다
그립고 그리운 당신은 이 시간 멀고
혼자만의 방식으로 등을 긁는다
볼펜을 들이대다 막대기를 들이댄다
효자손 또한 애매하게 멀리 있다
울긋불긋 그리운 건 밑도 없는 사랑
벽에 등을 들이대고 쓱쓱 민다
뒤에서 키우는 것들은 너무 딱딱해
진보해야 할 많은 것들이 등 뒤에 있다
가렵다 가렵다 멍청한 반복음만 들린다

그렇다면

여기서 바라보이는 곳은 지상밖에 없어요

독사 사마귀 여우
세모난 얼굴은 모두 무서워
당신을 건널 땐 징검다리를 이용해요

안부는 같은 세상에서만 가능한가요?

그렇다면 갈라놓은 두 세상은 실패작

양쪽에 걸쳐진 일출과 일몰은 잠시

낮에는 어둠이 없고 밤에는 빛이 없어요

아내의 목소리보다 더 날카로운
사진 속 사람들이 달려나와
천상의 사람들을 흔들어 깨워요

당신 거기 있는 거 맞아요?

여명은 진즉 왔다

잠 속에 기차 소리가 있다
잠은 동일한 변명
수많은 사람이 한꺼번에 떠드는 소리보다
한 사람의 코 고는 소리가 더 시끄럽다
동류의 인간들에게 보이는 창밖은 어둠
어둠은 무섭고 여명은 두려워
애절한 미풍에도 모닝커피의 표정은 침통하고
이슬에 젖은 동물들은 부지런을 모른다
잠은 우울증 걸린 진부한 논리
천사들의 음역 없는 노래에도 깨어날 줄 몰라
여명은 하늘의 붉은 상처다
왼쪽으로 누워 자면 왼쪽으로 쏠리고
오른쪽으로 누워 자면 오른쪽으로 쏠린다
꿈은 저편에서 꾼다

엄격한 척도

어른이 되기 전에 우린 돈이 없었고
어른들은 우리에게 돈을 주지 않았다
우리 모두 노인이 된다는 것에
공통점을 맞추는 것보다
우리 모두 아이였다는 것이 백 퍼센트 공통점이다
이 말에 한 번도 동의해본 적이 없는
달력의 날짜는 모두에게 고유번호다
물오리의 역사는 물에서 물이고
나뭇잎의 역사는 나무에서 나무고
새의 역사는 허공에서 허공
태양의 역사는 하늘에서 하늘
인간의 역사는 거기서 거기다

상호텍스트

슬픔에도 사조가 있다
오디를 따 먹으면 오디물이 들고
블루베리를 따 먹으면 블루베리물이 든다
눈물도 흐르는 방향이 있다
계곡물은 상하로 몸을 흔들고
강물은 좌우로 몸을 흔든다
텍스트를 전환하려면
악마가 눈치채지 못하게
조용히 숨어서 소리 없이 울어야 한다

일련의 현상

백 년 전 나는 꿈꾸는 사람이었고
깨알처럼 작았고 잠자리 날개처럼 가벼웠으며
봄꽃처럼 붉었다
백 년 전 나는 갱년기였고
화내고 울고 날뛰었고
백 년 전 나는 죽었다
백 년 전 나는 뚜껑을 닫았고
백 년 전 나는 아무 일도 없었다
개구쟁이 악마가 너무 심한 장난을 쳐
오늘 내 꼴이 이런 것이다

지리멸렬

입맞춤은 반드시 깊어야 하나
추억은 없다 기억이 있을 뿐이다
부끄러운 기억은 담장을 따라 돌고
불편한 기억은 혈관을 따라 돈다
술과 싸워 이긴 사람 어디 있나
수박물처럼 맑은 피거나
오디물처럼 진한 피거나
피는 부끄러운 기억을 갖고 있다
지나온 시간이 아득한 전생처럼 느껴져도
전생을 과거라 말하지 않는다
모두에게 아버지가 있었고 어머니가 있었던
피는 불편한 기억을 갖고 있다
심장은 더 이상 강력하게 뛰지 않는다
초승달로 저녁 하늘을 베어봤자 아프지도 않다

인간의 조건

노화처럼 분명한 세습은 없다
빨간빛은 빨간색으로 말하고
초록빛은 초록색으로 말한다
움직임은 인간의 첫 번째 조건
까딱거림은 살아있다는 몸짓
노후한 포크레인을 실은 트럭이 까딱까딱 지나간다
저무는 인간의 검은 그림자가 지나간다
오늘의 일기예보는 TV 가이드보다 신뢰할 수 없어
십자가의 그림자를 보고 기도한다
개미가 코끼리의 주검을 한 바퀴 도는 동안
일생이 간다 잘 가라 부질없는 절망아
지금부터 메피스토는 다가오지 못한다

오늘도 딜레마

오늘이 아주 가까이 아주 멀리 있다
고민하는 것은 고민하는 것만큼 중요치 않나
죽어라 태어났고
죽어라 먹었고
죽어라 사랑했고
죽어라 싸웠고
죽어라 아팠고
죽어라 죽었다
인생을 꽃이라 믿어야 하나
믿어지지도 않는 내일을 수많은 대중이 따라가고
오늘의 목소리는 호방하다
어정쩡한 예절을 배워
먹은 거 또 먹는 것이 필요하고
한 얘기 또 하는 것도 필요하나
가재도구는 있던 자리 이십 년 그대로 있고
고장 난 관악기에서 비명이 들린다
소리는 자리를 차지하지 않아
시계가 잠들어도 시간은 간다
어쩌나 오감을 흔들어놓는 오늘의 손을
놓아버려야 하나 말아야 하나

자문하는 것

아무것도 알지 못했고
아무것도 알지 못하며
아무것도 알지 못할 것이다
오늘도 비가 내리고
그래도 죽지 않고 살아있는 건 적은 독에 물렸기 때문
인가
인간을 호송하는 신의 그림자는 도발적이라
주검은 매번 새롭고 매번 창백한가
오늘도 또 비가 내리고
검은 옷이 검게 젖는 건 검은 옷의 속성 때문인가
감정은 폭풍처럼 오가고
창밖에 보이는 것들은 모두 단순한 부분, 참혹한,
권태롭고 아둔하기 짝이 없다
오늘도 비 내리고

불모의 시간

어제를 사는 사람과 오늘을 사는 사람이
밥을 사이에 두고 마주 앉았다
어제를 사는 사람은 안 먹어도 배가 부르다 하고
오늘을 사는 사람은 먹어도 배가 고프다 한다
밥을 마주한 거리가 가깝고도 멀다
어제와 오늘이 마주 보고 훌쩍인다
어제를 사는 사람이 검정쌀을 먹는다
오늘을 사는 사람이 흰쌀을 먹는다
이토록 치명적인 맛은 없다
잠자리가 쌀벌레를 게워내듯
어제까지 먹은 밥을 울컥울컥 게워낸다
개미가 흙을 토해내듯
오늘부터 먹은 밥을 소복소복 토해낸다
어제까진 죽어라 먹었고 오늘은 꾸역꾸역 먹는다

물구나무

모든 나무는 물구나무
물구나무는 무릎부터 꺾인다
물구나무가 되지 않기 위해 꼿꼿이 걷는다
다리가 아프다
휘청,
하늘에 발을 딛고 물구나무로 걷는다
이미 과거의 사람이 걷고 있다
과거에 걷던 사람이나 일 년 전에 걷던 사람이나
시간의 구름 속에 묻혀버리기는 마찬가지
무릎을 꺾지 않기 위해 또 걷는다
모든 나무는 물구나무다

사랑에 주의!

사랑을 통달한 이들은 주의에 약하다
번식과 상관없이 짝짓기를 하고
양육과 관계없이 젖을 먹인다
사랑은 인간의 힘으로 창조되는 것임을
신보다 더 진정한 것임을
자발적인 것임을

3부

잔상

미래에 다가올 내 사랑에게

그대 지금 아무 짓도 하지 마오

겨울 씨앗

한 번 깨물면 어금니가 흔들, 해요.
곤란한 웃음 짓지 마셔요.
열매 없는 빈약한 수확에 비하면 훨씬 낫지요.
시도하지 않은 충격이 갑작스러워 계절을 알 수 없네요.
의미 없는 눈길 사양합니다.
당신의 유일한 씨앗이 겨울 속에 있어요.
단 하나의 원소만 남기고 죽은 당신
열매로 남으려면 뼈다귀 정도는 남겨야지요.
불확실한 삶을 생각하다 깜박 겨울잠이라도 들었나요.
봄이 파닥거리는 소리 들리나요.
모든 게 실패한 노력이라고 말하나요.
씨앗과 동등한 지능을 가진 뼈다귀 좀 내밀어 봐요.
씨앗에 대한 신뢰를 부인할 수 없어요.
톡 깨물면 터져줄래요?
신의 부정은 있되 반대 의견은 없나요.
배은망덕한 당신,
봄, 현기증의 깊이는 어디까지인가요.
이 겨울은 언제까지인가요.
죽어버리는 것이 가장 쉬운 마무리죠?

불완전함에 대한 비판

달을 시기하는 건 같은 하늘에 사는 구름이고
꽃을 시기하는 건 같은 땅에 사는 나비다
큰 엉덩이로 모두 한 방향으로 서서 오리무중 가는 구
름은
무리지어 갈수록 고독해도 달을 가리지 말아야 하며
쾌락에 잠시 몸을 맡긴 나비는
모든 것을 함축한 날갯짓이 더 강력해도
불완전한 꽃에게 빨대를 대지 말아야 한다
나비가 불량하다는 거 진즉 알았다면
구름에도 몽고반점이 있다는 거 알았다면
정체를 알 수 없는 내일을 향해
달은 하늘에 몸을 맡기지 않았고 꽃은 땅에 몸을 맡기
지 않았다
봄이 짧아 서둘러 자란 노랑나비의 타락은 갈수록 늘고
구름의 목소리는 봐줄수록 커진다
관능을 위해 모이는 구름과 나비의 표정은 이내 흩어
질 것
모든 것에게 시간은 부족하고 버리지 않아도 사라진다
주어진 인생 까불다가 간다

동충하초

죽어가며 피는 꽃 동충하초
아내의 마른 몸에 동충하초가 핀다
내가 자연 속의 아내를 더듬어
갈비뼈를 하나씩 떼어낼 때마다
아내의 몸에서 돋아나는
아이 하나 아이 둘 아이 셋
아이는 어제의, 나의 문장 나의 꽃
아내는 죽어가며 꽃을 피운다

나무뿌리의 다짐

봄마다 피어나는 꽃들을 위해
기차의 출발은 급한 적이 없다
오늘도 기차를 놓칠까 허겁지겁하는 사이
부재하는 꽃들끼리 용서를 나눈다
기차는 나무의 성장 속도와 같이 가다가 서고 가다가
서고
나이테가 지나는 자리
겨울이 잠시 잠으로 쉰다
잠이 무슨 맛인지 잠자는 자만이 알 수 있다
아버지가 만든 마당은 너무 딱딱해 구르기 힘들어
바람 따라 마당을 쓸고 가는 낙엽들은
먼지 한 점 일으키지 않아 눈물겹다
저 낙엽들의 어미는 애초 뿌리라는 생각에 아프다
더 든든히 먹어야겠다
봄마다 피어나는 꽃들의 어미는 뿌리라는 생각에
더 단단해야겠다
동그란 울음꽃을 피우지 말아야겠다
젊지도 늙지도 않은 나무의 기품을 생각해야겠다
한밤에 깨어

뿌리까지 길게 드리운 차가운 겨울 달빛에 웅크리고
앉아
더 이상 흐느끼지 말아야겠다

애매한 표지판

잘 모르면 잘 모르는 것이 사는 일이라고
사는 일이 잘 모르는 반복이라고
혼자 어둠 속에서 도시락을 싸네
닭은 닭소리로 울고 개는 개소리로 짖네
놀고먹고 자고 놀고먹고 자고
반복이 대가를 낳네
아무래도 많이 쓰는 쪽이 먼저 망가진다고
모든 반복의 횟수는 이미 정해져 있다 하네
소리가 예뻐서 한참은 더 써먹겠다고 벅수가 말하네
나도 산다네 나 같은 벅수도 산다 하네
선 채로 사는 일 하루가 몇 날인지 몰라도
밥그릇은 잘 알고 있다네
시간을 견디기 힘들 땐 가족이 제일이라고 세탁기가
말하네
아무래도 시간을 보내기엔 TV가 낫다 소파가 말하네
뭐래도 친구가 최고다 현관문이 말하네
이만큼 살아보니 형제만 한 게 없더라 냉장고가 말하네
돈이 최고라고 자동차가 말하네
좋은 세상 혼자 살아라 이불이 말하네

똑바로 누워 보면 십 년 젊어 보이고
엎드려 보면 십 년 늙어 보이나

그림자 없는 계절

자살하지 마라
다시 태어날 줄 아나

내용을 수정하라

늙은 나무는 오래된 기억을 갖는다
멀리 있는 것은 기억하고 가까이 있는 것은 금방 잊어
버린다
먼 곳을 바라보고 먼 곳으로 향해 있기 때문이다
절망은 뜻 모르고
맹세했던 신념은 졸음 속에서 사라졌는데
그동안의 삶을 눈에 보이는 걸로 증명하란다
개미의 노정을 어찌 다 그리나 새들이 쪽쪽 껌을 씹으
며 웃네
주관적 삶을 객관적 자료로 검증하란다
쥐들의 행방을 어찌 다 찾나 담장의 돌들이 손뼉을 치
며 웃네
차라리 빽빽한 전생을 세는 게 낫겠다
늙은 나무 궁둥이 무게에 따라 바람의 흔들림이 다르다
오늘을 외워서 배우나 내일을 배워서 사나
보도블록을 뒤집으면 돈이 드나 돈이 나오나
세상은 온통 공사 중이고 나무는 먼 곳으로 향해 운명
이 어둡다
술에 취해 사는 기억이 떨고 있다

동그라미

지나간 것은 다 농담이다
너랑은 똥도 같이 섞기 싫다고 분노하며 돌아서도
가다 보면 매번 돌아가는 동그란 그 자리
늘 목적 없는 시간만 낭비할 뿐
심장이 바라는 욕망의 범위를 충족시켜주진 못한다
우리는 고단한 사계를 돌았고
아팠고
모두 한 방향으로 서서 가고
오는 사람은 없었다
짝 잃은 새는 동그라미를 그리며 허공으로 맴돌고
쥐는 동그란 구멍에서 알처럼 들어앉아 나올 줄을 모
른다
구멍의 흡인력은 작아도 강하다
나는 손가락으로 작은 동그라미를 그렸는데
하늘은 많이 허락한다

제목 없음

찬물에 손을 씻으면 손이 차니 물이 차니
따신 물에 손을 씻으면 손이 따시니 물이 따시니
하, 맵다 인생

방파제

바람은 오늘 부는데 이미 어제 바람을 맞았다

오십 년 전 나는 바다에 없었고 오십 년 후에도 없을 것

바람도 파도도 의미도 사랑도
직접 부딪쳐 느껴보는 것이다

기억해두고 싶지만 기억할 수 없는 것
아니다아니다 하면서도 아닌 곳으로 가버리는 것
어디로 갈까 망설이는 사이 하루해가 지나버리는 것
지워야 하지만 지우고 싶지 않은 것

바람은 여전히 쓸쓸하고

파도는 규칙적으로 다가와 따귀를 때리고
때린 자리 또 때리고

바다는 울만 한 곳이다

최근의 고통

그늘진 엄마가 왔으면 좋겠다
잔뜩 흐린 구름이 그늘지게 왔으면 좋겠다
태양이 날카로운 바늘을 가졌나
안 그런 척하면서 찌를 곳은 다 찌른다
태양은 날카롭게 매운 맛
매운맛은 맛이 아니라 통증
온몸으로 맞는 매운맛은 무시무시하다

달이 그린 등고선

산이 끝나는 지점에서 불을 끄면 무서워 못 잔다
어둠 속에는 무서운 것들만 사나요
해수면을 기준으로 가만 누우면 그리워 못 잔다
지금도 그 바닷가에는 바람이 많이 부나요
나무의 뿌리를 베고 모로 누우면 어깨 아파 못 잔다
이 어깨는 처음부터 내 것인 게 맞나요
아파트를 향해 돌아누우면 벽이 보여 못 잔다
벽은 내게 저리 무심한가요
우물을 보고 엎드려 누우면 물이 많아 못 잔다
여태 물먹고 또 물먹어야 하나요
하늘을 보고 바로 누우면 관제탑이 보여 못 잔다
지금껏 살피고 또 살필 게 있나요
달은 밤마다 불면
등고선을 그린다

밤에 양산

밤에 양산을 쓴다
미쳤다
태양이 밤에 사투를 벌이고
흔들어놓는 것들은 햇빛보다 강하다
하늘은 온화해 본 적이 없다
언제나 당당한 비극이다
밤에 양산을 쓴다
미쳤다
수수한 것들은 다 어디로 가고
태양이 유인한 뜨거운 것들만 몰려오나
증명할 수 있는 것이란 아무것도 없어
뜨거운 맛 두려워 밤에 양산을 쓴다

바람에

그가 황망하다

그러나 그는 잘 건너올 것이다

혹한에도 따뜻한 바람을 데리고 지날 것이다
그는 바람에 아주 강하다

오늘, 그의 기별이 그립다

바람이 불면
그대가 온다

떠나며
— 로버트 킨케이드를 대신하여

우리의 시간은 얼마 남지 않았습니다
다시 삼천 년을 기약하고 멀어져가는 혜성처럼
그대의 그윽한 눈동자에서 흘러나오는 따사로운 눈길
을 한 번 더 받고 싶습니다
육신의 생명은 받은 대로 돌아가는 것이 자명한 이치
오늘따라 그것을 받아들이기가 이렇게 거북하리라고
는 생각지 못했습니다
처음 맴돌았던 곳의 풍경이 몹시 그립습니다
천상의 어느 곳이어도 그런 곳은 없을 거라는 생각이
들어 좀 서글퍼집니다
다시 삼천 년을 기약하고 멀어져가는
그대를 사랑하면서 이렇게 바람이 되었습니다

우황청심환

저 남자의 병든 몸이 너무 젊다
항암치료 이후 밤은 이미 죽었다고
남자는 담배에 또 불을 댕긴다
술 담배 끊지 않으면 죽는다
간암 말기라는 의사의 경고에도 간댕이가 부을 대로
부어 겁도 없는 남자
신이 그에게 저지른 가장 짓궂은 실수는
육향이 피어오르는 추억의 문을 닫아버린 것이다
뒤란에서 불어오는 바람이 뒤통수에 난동을 치고 달아
난다
그거 아니면 못 사느냐고
부부도 오래 살면 인류애로 살아야 한다는 바람의 말
에 남자는 안심한다
구름 또한 거동조차 불편한 몸을 끌고 머리맡에 다가와
발기부전치료라도 될까 우황청심환 한 알 내려놓는다
심장이 열심 할 때 청심하라 먹어주는 우황, 이 또한
암 덩이
눈물겨운 애정도 엄격한 신성 앞에서는 역부족
간을 버리면 사랑도 버리는 일이구나

저 남자의 광활한 맥박소리를 달래기 위해 풀벌레가 우는

아릿한 새벽

화력은 구멍에서 가장 세다

화구로 돌아 나온 뼈를 끌어안아 보기 전에는
담담한 놀라움이 어떤 것인지에 대해 알지 못한다
꼼짝없이 무너지는 살을 온 눈으로 받아보기 전에는
차가운 놀라움이 어떤 것인지에 대해 알지 못한다
화구에서 육신이 무너져 내릴 때 솟아오르는 화력은
구멍을 통과할 때 가장 거세다
살을 태워 녹이고 장기를 태워 녹이고
그다음
눈 코 입, 구멍 속으로 솟구쳐 오르는 불길
인간 희극의 최후에
가장 깔끔하게 가장 강력하게 가장 거대하게
솟아오르는 화력
화력은 구멍에서 가장 세다

남부터미널

그가 가네
지상의 마지막 식사를 하고
지상의 마지막 버스를 타고
남으로 가네
꽃이 지면 저리 지나
아파도 가는 길 비가 내리고
꽃의 물그림자만 봐도 내 사랑인 줄 알겠네
유쾌한 섬들은 다 어디로 간 걸까
그리움이 때론 힘에 부칠 때가 있어
아파도 가는 길 이리 멀다
백 년 전의 그대가 간 길
오늘 그가 가네
백 년 전의 그대가 한 일
오늘 그가 하네
지상의 마지막 버스를 타고
그대 꽃 지는 소리 들리네

한 사람 더 타세요

15층에서 지옥행 엘리베이터가 출발한다
천국행은 올라가고 지옥행은 수직으로 떨어진다

지옥으로 가는 엘리베이터가 만원이다
이미 빽빽하게 탔다
경고음이 울리지 않으니 잠깐, 한 사람 더—,

엘리베이터의 출발은 늘 성급해

지옥의 내막을 보면 인간이 뭘 두려워하는지 알 수 있다
발설지옥 화마지옥 추해지옥 철상지옥 흑암지옥 도산
지옥 화탕지옥 검수지옥 독사지옥 한방지옥

살려달라고 비는 사람은 살려주지 않는다
이미 죽을 짓을 했기 때문이다

한 사람 더—

잔상

눈과 피사체 사이에
은밀하게 흐르는 피

내 눈에 남아있는
보일 듯 말 듯한 사람아

해 설

타나토스 충동과 무네메적 상상력

김 영 철(건국대 국문과 교수 · 문학평론가)

　최명란의 시에는 죽음의식이 기저를 이루고 있다. 죽음의식은 그의 시 전편에 짙은 페이소스의 그림자를 남기며, 존재론적 이미지를 음울하게 부조하고 있다. 그러나 그 죽음의식은 겨울에서 봄에 이르는 계절의 순환구조에 편입되어 변증법적 상상력으로 승화된다. 육신은 소멸하나 영혼은 생명의 불꽃으로 소생되는 것이다. 이 변증법적 도정道程에 관상학적 인식과 무네메적 상상력이 하나의 방법론적 체계로 자리 잡고 있다.

　최명란 시에서 타나토스Thanatos 충동은 도저한 시의식으로 자리 잡고 있다. 죽음의식은 『명랑생각』 시 전반에 걸쳐 지속적으로 반복되는 라이트 모티브light motive로 작동하고 있다. 죽음의 연작시라 칭해도 좋을 정도로 죽음의식의 변주가 하나의 음울한 소나타 형식으로 울리고 있다. 「겨울씨앗」은 무책임하게 떠난 '배은망덕한' 당신의 죽음을, 「나무뿌리의 다짐」은 생명의 부재를 겨울의 잠으로 환유하고 있으며, 「사랑은 백 년」은 나무로

승화한 백 년 전의 당신과 당신의 사랑을, 「화력은 구멍
에서 가장 세다」는 육신의 종말을 형상화하고 있다. 각
기 죽음의 형상과 색상은 다를지언정 기본 모티브는 타
나토스 충동이다.

> 화구로 돌아 나온 뼈를 끌어안아 보기 전에는
> 담담한 놀라움이 어떤 것인지에 대해 알지 못한다
> 　　　　　　　　　 － 「화력은 구멍에서 가장 세다」 부분

> 여기서 바라보이는 것은 지상밖에 없어요
> (중략)
> 당신을 건널 땐 징검다리를 이용해요
> 안부는 같은 세상에서만 가능한가요?
> (중략)
> 당신 거기 있는 것 맞아요?
> 　　　　　　　　　　　　　 － 「그렇다면」 부분

> 그가 가네
> 지상의 마지막 식사를 하고
> 지상의 마지막 버스를 타고
> 남으로 가네
> 　　　　　　　　　　　　　 － 「남부터미널」 부분

> 그대 안녕?
> 그곳은 말이 없는 세상?
> 　　　　　　　　　　　 － 「대답 없는 인사」 부분

그의 죽음의식은 어디서 기인하는 것일까. 생생한 묘사와 관찰력을 통해 볼 때 일면 죽음에 대한 생체험에서 기원한 느낌을 준다. 「화력은 구멍에서 가장 세다」는 실제 화장장의 체험을 겪지 않은 사람이 단지 상상력으로 쓰기에는 결코 쉽지 않은 시이다. 「그렇다면」과 「대답 없는 인사」는 저 세상에 가 있는 당신과의 만남과 조우를 꿈꾸는 시이다. 과연 죽은 당신이 그곳에 가 있는지, 만남과 인사가 가능한지 의아한 채 당신을 그리워하고 있다. 그러나 그대는 '말이 없는 세상'에서 침묵하고 있을 뿐이다. 「남부터미널」은 실제로 마지막 길을 떠나는 망자의 모습을 그린 작품이다. 남부터미널을 떠나 장지인 먼 고향으로 향하고 있는 것이다. 이처럼 생생한 묘사와 망자에 대한 절절한 그리움의 정서를 볼 때, 예시들은 시인의 실제 체험에 바탕을 둔 작품으로 보인다.

그러나 생체험만으로 죽음의식을 그리는 데는 한계가 있다. 죽음은 체험 저 너머 존재론적 본질의 영역에 닿아 있기 때문이다. 최명란의 죽음의식의 시에서는 형이상학적 존재의 그림자가 지속적으로 어른거리고 있다. 그는 죽음의식을 다루되 그것을 하나의 현상, 하나의 현실 문제로 국한하지 않고, 끊임없이 그를 초극하려 한다. 그는 죽음을 하나의 형이상학적 과제, 결코 피할 수 없는 운명론적 명제로 받아들이고 있다.

인간을 호송하는 신의 그림자는 도발적이라

주검은 매번 새롭고 매번 창백한가
(중략)
검은 옷이 검게 젖는 건 검은 옷의 속성 때문일까
— 「자문하는 것」 부분

노화처럼 분명한 세습은 없다
(중략)
노후한 포크레인을 실은 트럭이 까딱까딱 지나간다
저무는 인간의 검은 그림자가 지나간다
(중략)
개미가 코끼리의 주검을 한 바퀴 도는 동안
일생이 간다 잘 가라 부질없는 절망아
— 「인간의 조건」 부분

「자문하는 것」에서 인간의 죽음은 인간의 생의 범주를
넘어 신의 소관에 속하는 일임을 밝히고 있다. 인간은
신의 죽음의 그림자에 의해 호송되는 존재자에 불과한
것이다. '검은 옷이 검게 젖는 것'은 곧 죽음은 피할 수
없는 운명 같은 것임을 암시한다. 그것이 검은 옷의 속
성이고, 죽음의 본질인 것이다. 「인간의 조건」에서도 동
일한 주제가 반복되고 있다. 시인은 노화, 즉 죽음을 하
나의 세습으로 인식한다. 세습은 피할 수 없는 인간의
존재 조건이다. 화자는 사람의 일생은 단지 개미가 코끼
리의 주검을 한 바퀴 도는 동안 지속하는 것일 뿐이라는
삶의 일회성, 단속성斷續性을 간파하고 있다. 사람은 마치

노후하여 용도가 파기된 포크레인처럼, 트럭에 '까딱까딱' 실려 이승을 떠나야 하는 것이다.

이처럼 죽음은 신이 인간에게 내려 준 존재론적 운명이라는 것을 시인은 간파하고 있다. 그래서 '신의 부정은 있되 반대 의견'은 있을 수 없다.(「겨울씨앗」) 영국의 초현실파 시인인 딜란 토마스가 갓 태어난 아이의 손톱에서 죽음의 벌레가 파먹는 소리를 들었듯이, 사는 일은 곧 죽어 가는 일이라는 존재론적 역설을 형상화하고 있다. 죽음의 신이 존재한다면 결코 죽음은 피할 수 없는 운명론적 명제임을 시인은 인식하고 있는 것이다. 그러한 인식은 계절의 순환과정으로 환치되고 있다. 봄이 되면 꽃이 피고, 여름이면 열매 맺고, 가을이면 낙엽 지며, 겨울에는 죽음으로 종결된다. 죽음의 계절인 겨울을 피할 수 없듯이, 인간도 죽음을 결코 피할 수 없다. 이처럼 그는 죽음의 의미를 신의 절대명제, 자연의 순환구조에서 찾고 있다. 그리하여 그는 마지막 육신을 불태우는 순간에도 담담함과 차가움으로 죽음을 응시할 수 있었던 것이다. 그에게서 어쩌면 살아있다는 것은 일시적인 현상이요, 죽음은 존재의 원초적 본질임을 깨닫고 있는 현자의 모습을 볼 수 있다. 그래서 살아 있다는 것은 '인간 희극'에 불과한 것이라고 노래했는지도 모른다. 인간 희극에 불과한 삶에 결코 연연해 할 필요는 없다. 시인은 '구멍으로 솟구쳐' 오르는 불길에 한순간 재로 스러지는 육신을 목도하며, 삶의 무상성과 존재의 허무를 인식하고 있다.(「화력은 구멍에서 제일 세다」)

그러나 시인은 결코 무상과 허무라는 무채색으로 삶과 존재를 덧칠하지는 않는다. 말하자면 최명란 시인은 결코 니힐리스트거나 페시미스트는 아닌 것이다. 시인은 죽음에 대한 초극의 방법을 동원하여 니힐리즘의 심연에서 벗어난다. 그 방법이 계절의 순환구조에 기초한 변증법적 사유이다. 『명랑생각』 전편에 계절적 심상이 중심 이미지로 자리 잡고 있다. 그중에서 봄과 겨울 이미지가 카운터 이미지counter image로 기능한다. 주지하다시피 봄은 생명의 계절이요, 겨울은 죽음의 계절이다. 이 두 상반된 카운터 이미지가 하나의 병치구조를 형성하며, 은유의 띠를 구성하고 있다. 병치은유epiphor가 최명란 시의 주된 방법론적 장치이다.

　　당신의 유일한 씨앗이 겨울 속에 있어요.
　　단 하나의 원소만 남기고 죽은 당신
　　열매로 남으려면 뼈다귀 정도는 남겨야지요.
　　불확실한 삶을 생각하다가 깜박 겨울잠이라도 들었나요.
　　봄이 파닥거리는 소리 들리나요.
　　　　　　　　　　　　　　　　　－「겨울씨앗」 부분

　　나이테가 지나는 자리
　　겨울이 잠시 잠으로 쉰다
　　(중략)

저 낙엽들의 어미는 애초 뿌리라는 생각에 아프다
(중략)
봄마다 피어나는 꽃들의 어미는 뿌리라는 생각에
더 단단해야겠다.

　　　　　　　　　　　　　　　－「나무뿌리의 다짐」부분

　「겨울씨앗」에서 생명으로서의 봄과 죽음으로서의 겨울
의 이미지 구도가 선명하게 드러난다. 이 시에서 겨울은
죽음을 의미한다. 그러나 겨울이 비록 죽음의 계절이지
만 '씨앗'으로 봄을 잉태한다. 그래서 시인은 겨울의 씨
앗에서 '봄이 파닥거리는 소리'를 들을 수 있다. 겨울잠
은 생명의 정지가 아니라 휴지休止일 뿐이다. 봄은 씨앗
이 터져 꽃을 피우고, 마침내 생명의 현란한 축제로 '현
기증의 깊이'까지 느끼게 된다. 「나무뿌리의 다짐」도 겨
울과 봄의 변증법적 상상력으로 형상화된다. 이 시에서
'씨앗'이 '뿌리'로 대치되었을 뿐 시적 상상력은 「겨울씨
앗」과 동일하다. 꽃과 잎, 그리고 열매는 사라졌지만 뿌
리는 동토의 언 땅에 생명의 줄기를 깊게 심어 놓는다.
그리하여 봄이면 찬란한 생명의 축제를 벌일 수 있는 것
이다. 그래서 시인은 꽃들의 어미는 뿌리라는 인식에 이
른다. 어미가 살아 있는 한 자식은 살아남을 수 있는 것
이다. 시인이 겨울을 '잠시 잠으로 쉰다'고 인식한 것도
이러한 이유에서이다. 겨울은 잠시 쉬면서 '나이테가 지
나가는' 소리를 듣는 계절이다.

이처럼 시인이 타나토스 충동을 노래하되, 결코 니힐리즘이나 페시미즘의 심연에 빠지지 않고, 낙관적 전망을 견지할 수 있었던 것은 이러한 계절적 순환에 기초한 변증법적 상상력에 기댄 덕분이었다. 아니 그보다도 우주의 순환원리와 현상을 넘어서는 존재론적 사유에서 연유한다. 그런 점에서 그의 시는 일상적 죽음을 존재론적 명제로 초극하는 형이상학파 시인의 계보에 선다.

　이러한 죽음의식에 기초한 존재론적 사유는 일상성의 탐구라는 에피그람의 영역으로 확장된다. 최명란의 시에는 삶의 현장에서 인간조건을 도출하는 에피그람epigram적 상상력을 만날 수 있다. 인간이 일상성에 함몰된 채 무의미한 삶을 반복하는 존재의 허위성을 간파하고 있다.

　　어정쩡한 예절을 배워
　　먹은 거 또 먹는 것이 필요하고
　　한 얘기 또 하는 것도 필요하나
　　(중략)
　　시계가 잠들어도 시간은 간다

　　　　　　　　　　　　　　 -「오늘도 딜레마」 부분

　　사는 일이 잘 모르는 반복이라고
　　(중략)
　　선 채로 사는 일 하루가 몇 날인지도 몰라도

밥그릇은 잘 알고 있다네

—「애매한 표지판」 부분

가다 보면 매번 돌아가는 동그란 그 자리
늘 목적 없는 시간만 낭비할 뿐
(중략)
우리는 고단한 사계를 돌았고
아팠고

—「동그라미」 부분

우리는 먹은 것을 또 먹고, 한 얘기를 또 하며 시계처럼 돌며 일상을 산다. 밥그릇 수만큼 일상적 삶의 반복 횟수를 채울 뿐이다. 그리하여 가도 가도 매번 동그란 그 자리에 머물 뿐이다. 다람쥐 쳇바퀴처럼 일상의 굴레를 벗어나지 못하는 시지프적 운명, 그 스테레오 타잎화 stereo-type된 삶의 존재조건을 시인은 예리하게 간파하고 있다. "자살하지 마라 다시 태어날 줄 아나"(「그림자 없는 계절」)처럼 일회성에 제한된 삶이건만, 그 일회적 삶마저 일상성으로 함몰되고 만다. 그리고 때로는 욕망의 노예로 전락한다. "어제를 산 사람은 안 먹어도 배가 부르다 하고, 오늘을 사는 사람은 먹어도 배가 고프다 한다."(「애매한 표지판」) 오늘을 살기 위해 '먹은 것 또 먹는 것이 필요'하지만 그는 늘 배고픔에 시달린다. 욕망의 허기에 굶주리고 있는 것이다. 분명 다시 태어날 수 없는 일회적 삶이건만, 그 삶이 욕망의 일상성으로 반복되고 있다. 그리하여 인간은 하나의 기계화 된 메커니즘적 존재로 전락한다. 끝내 '나도 아니고 너도 아닌 사람들, 기계의 남은 생을 혼신 불태워야 할 인간들'(「매트릭스」)이 되고 마는 것이다. 그의 시에서 "인간은 죽었다"는 에릭 프롬의 경종이 울리고 있는 것이다.

이처럼 시인은 삶의 존재조건을 일상적 삶에서 발견하여, 그것이 일종의 에피그람적 잠언의 형태를 띠고 우리에게 다가온다. "노화처럼 분명한 세습은 없다"(「인간의 조건」), "오늘은 아주 가까이, 아주 멀리 있다"(「오늘도 딜레마」), "자살하지 마라, 다시 태어날 줄 아나"(「그림자 없는 계절」), "부부도 오래 살면 인류애로 살아야 한다"(「우황청심환」)라는 시구들은 마치 성경의 잠언이나, 불교의 경전처럼 들리고 있다. 시인의 목소리가 우리에게, 우리의 삶에게, 하나의 예언자적 경구로 들리는 것은 이러한 이유에서이다.

이러한 타나토스 충동과 존재론적 물음은 다양한 시적 전략과 장치를 통하여 구상성을 획득한다. 존재론이라는 하나의 추상적 화두를 구체적인 인식 방법과 시적 장치를 통하여 우리들에게 선명하게 부각되고 있는 것이다.

H. Werner는 시의 인식방법으로서 관상학적 방법 physiognomic method을 들고, 그 특징을 물질적인 것과 정신적인 것의 동일시, 대상과 시적 자아와의 동일시로 설

명한 바 있다. 이 방법은 대상을 물질적인 패턴으로 인식하는 것이 아니라, 그 대상에 자아를 투입하여 감정이나 분위기 등 정신적인 차원에서 인식하는 것이다. Bachelard도 상상력을 형태 상상력과 물질 상상력으로 나누고, 물질 상상력을 정신적 패턴으로 인식하여, 형태의 저변에 깔려 있는 대상의 본질을 꿈꾸는 것으로 설명한 바 있다. 이와 같은 관상학적 인식 방법, 또는 물질 상상력의 방법이 최명란 시세계의 기본 상상력으로 자리 잡고 있다.

먼저 「겨울씨앗」을 보자. 이 시에서 '씨앗'은 시의 주제론적 지형도를 풀 수 있는 키워드이다. 씨앗은 봄에 싹을 틔워 열매를 맺는 생명의 저장핵이다. 그 씨앗에서 시인은 사랑의 원천, 영원한 에로스의 근원을 읽어 내고 있다. 비록 당신이 죽음의 심연에 침잠해 있으나, 식물이 씨앗을 남겨 불멸의 열매를 잉태하듯이, 그렇게 당신과 당신의 사랑이 소생할 것을 믿고 있다. 「나무뿌리의 다짐」에서는 씨앗 대신에 뿌리로 환치되어, 관상학적 구도를 형성하고 있다. 봄에 피는 꽃들의 근원은 겨울을 지켜 낸 뿌리들이고, 그것은 곧 존재론적 차원에서의 삶의 원형임을 확인하고 있다. '젊지도 늙지도 않은' 나무의 기품에 자신을 기대어, 스스로의 삶과 생의 의미를 반추하고 있는 것이다. 나의 존재, 내 삶의 형이상학적 의미를 한 그루의 나무, 그 나무의 뿌리에서 찾고 있는 것이다.

죽어가며 피는 꽃 동충하초
아내의 마른 몸에 동충하초가 핀다
(중략)
아내의 몸에서 돋아나는
아이 하나 아이 둘 아이 셋
(중략)
아내는 죽어가며 꽃을 피운다

－「동충하초」부분

그가 가네
지상의 마지막 식사를 하고
(중략)
꽃이 지면 저리 지나
아파도 가는 길 비가 내리고
꽃의 물그림자만 봐도 내 사랑인 줄 알겠네
(중략)
지상의 마지막 버스를 타고
그대 꽃지는 소리 들리네

－「남부터미널」부분

「동충하초」는 죽어가는 아내의 몸을 동충하초로 비유하고 있다. 동충하초가 죽어가며 꽃을 피우듯이 죽어가는 아내의 몸에서 아이들이 잉태되고 있는 것이다. 그리하여 아내는 죽어가며 한 송이 생명의 꽃을 피우는 것이다. 아내의 죽음과 아이의 잉태를 동충하초의 생태적 원리에서 끌어내고 있는 것이다. 「남부터미널」은 한 사람의 죽음을 낙화 현상으로 환유하고 있다. 개화 뒤에 낙화가 있듯이, 인간의 존재도 죽음을 결코 피할 수 없는 일이다. 그리하여 꽃의 물그림자에서 그대를 찾고, 꽃지는 소리에서 지상을 떠나는 그대의 마지막 소리를 들을 수 있는 것이다. 이처럼 동충하초나 한 송이 꽃에서 죽음의 형이상학적 의미를 도출하고 있는 것이다. 이러한 관상학적 인식은 「사랑은 백 년」에서도 동일한 변주를 보인다. 시적 자아는 '나무의 젖'을 빨며, 마르지 않는 사랑의 수액을 흡입하고 있다. 「상호텍스트」에서는 '오디물'과 '블루베리물'에서 슬픔의 색깔을 환유하고 있으며, '강물'과 '계곡물'에서 눈물의 원천을 확인하고 있다. 이처럼 최명란의 시는 물질적인 유기체의 대상에서, 정신적인 가치와 의미의 동일시를 이뤄내고 있는 것이다.

최명란의 시를 읽다 보면 시인 자신이 무네메 신 Mnemosyne(기억의 여신)에 신들려 있는 느낌이 든다. 빙신憑神 상태에서 과거의 뜨락과 회억回憶의 공간에 서성거리고 있는 시인의 모습을 만난다. Cassirer는 기억의 문제를 무네메mneme적 생물학적 개념과 인간학적 개념으로 대비시킨 바 있다. 무네메란 유기체에 일어나는 여러 변화 속에서 여러 사건을 보존하는 원리로서, 기억은 자극—인상engram—유기체의 반작용의 과정을 걸쳐 일어난다. 곧 기억은 앵그람의 연쇄인 것이다. 이 엥그람의 연쇄, 무네메적 원리가 최명란의 시세계를 지배하고 있다. 현재에서 과거에로의 의식공간의 이동, 즉 회상구조가 최명란 시의 기본틀이 되고 있다.

「나무뿌리의 다짐」은 봄에 피는 꽃들의 현상을 표층구조로 삼고 있지만, 개화라는 현상, 저 너머, '나이테가 지나는' 길목에 서서, '뿌리'로 존재하던 겨울을 환기하고 있다. 나아가 그 이전 낙엽으로 뒹굴던 가을로 소급된다. 이처럼 이 시는 꽃—뿌리—낙엽의 역순환 구조에서, 봄—겨울—가을의 계절적 회상구조로 환치된다. 현상에서 본질로, 현재에서 과거로 역순환되며, 삶의 본질과 존재의 근원을 탐색하고 있다. 이것이 바로 무네메적 회상구조인 것이다.

> 당신을 만나본 지 백 년
> (중략)
> 그리웠어요
>
> 당신은 어차피 숲 속에 있는 사람
> (중략)
> 나무의 젖을 물고 가슴만 할딱거리는 당신
>
> 사랑은 나무로부터 나왔기에 이토록 푸른 그림자
>
> 당신은 세상의 저쪽, 과도한 사랑, 또는 숲 속 백 년
> —「사랑은 백 년」 부분

「사랑은 백 년」은 시제부터 과거의 회상구조를 암시한다. 시인은 숲 속을 거닐며 '나무의 젖'을 물고, 가슴만 할딱거리던' 백 년 전의 당신을 만나고 있다. 시에서 당신은 숲으로 존재하고, 숲으로 사랑한다. 이미 백 년 전의 만남으로 소멸된 당신이지만, 당신은 숲으로 살아 있고, 나무로 존재하기에, 숲을 거닐고 나무를 만지면 당신은 '푸른 그림자'로 살아난다. 당신의 '사랑은 나무로부터 나왔기에' 당신은 영원히 숲과 나무로 영생하고 있는 것이다. 이처럼 현상 저 너머 본질에 닿을 수 있는 초극의 방법으로 시인은 무네메적 상상력을 활용하고 있다.

비가 내립니다
(중략)
그대와 함께 뿌려놓은 수많은 거리의 추억과 풍경이 겹쳐 보입니다
(중략)
비가 내립니다
어제 내린 비입니다
(중략)
그대와의 추억이 기쁜 슬픔으로 다가와 한 잔
(중략)
그 기억이 비처럼 내려서 한 잔
(중략)
소리는 시간을 역행하여 동그랗게 맴돕니다
(중략)

사랑과 추억을 생각하는 것만으로 남은 시간을 살아갈
수 있습니다
                                          ─「어제 기다린 비」부분

지하철 창밖으로 백 년 전의 그대가 서 있고
백 년 후 나는 지하철 안에 서 있네
(중략)
창밖의 그대가 사랑해라고 말할 때
(중략)
내 몸에 주름이 하나 생긴다
                                          ─「사랑은 가도」부분

백 년 전 나는 꿈 꾸는 사람이었고
(중략)
잠자리 날개처럼 가벼웠으며
봄꽃처럼 붉었다
(중략)
백 년 전 나는 죽었다
(중략)
백 년 전 나는 아무 일도 없었다
                                          ─「일련의 현상」부분

「어제 기다린 비」는 비를 매개로 하여 시적 화자는 과
거로의 시간여행을 떠난다. 빗속에서 '그대와 함께 뿌려
놓은 수많은 거리의 추억과 풍경'을 만난다. 비는 무네메

적 회상의 연결 고리가 되어 과거의 나와 현재의 나를 연결하고 있다. 그래서 지금 내리는 비는 어제 내린 비가 된다. 시적 화자는 비처럼 내리는 추억을 만나며 술 한 잔을 기울이고 있다. 그에게 추억과 기억은 '남은 시간을 살아가는' 동력이 된다. 「사랑은 가도」에서 시적 화자와 그대는 백 년 이라는 시간의 분할 속에서 지하철 안과 밖에 조우하고 있다. 백 년 후의 화자가 백 년 전의 그대와 지하철 안과 밖에서 만나는 것이다. 그리고 사랑을 나누고 있다. 지하철 안과 밖은 쉽게 넘나드는 상대적 공간이지만, 백 년 전과 백 년 후는 쉽게 넘나들 수 없는 절대적 시간 영역이다. 그러나 시적 화자는 그 절대적 시간 영역을 초월하여 지하철 안팎을 드나들며, 백 년 전의 시간으로 회귀한다. 그 회귀의 연결고리가 바로 무네메적 상상력이다. 「일련의 현상」에서도 시적 화자는 백 년 전에 죽은 나를 만나, 잠자리처럼 허공을 날며 봄꽃 같은 붉은 꿈을 꾸고 있다. 백 년 전의 시공을 잠자리 날개로 가볍게 넘어, 봄꽃의 붉은 꿈을 꿀 수 있는 힘도 역시 무네메적 상상력에 기초한다.

최명란 시에서는 순간의 연소와 발화, 그에 따른 전율과 황홀감이 상상력의 기저를 이루고 있다. 그의 시에서는 순간적 열정과 격렬한 충동이 넘치고 있다. 정점을 향하여 끓어오르다가 어느 한순간에 급격히 소멸해 버리는 상승과 하강구조가 기본골격을 이루고 있는데 이를 총칭하여 불꽃 이미지, 불꽃 상상력으로 부를 수 있을 것이다. 화학실험에서 사용되는 탄탈로스의 접시는 일정한 비등점에 이를 때까지 액체가 상승하다가, 비등점에 이르면 모든 액체가 접시 바닥으로 쏟아져 내리게 되어 있다. 곧 일정한 상태에 이르면 절대무화絕對無化 상태로 돌아가는 것이다. 최명란 시에서는 이와 같은 탄탈로스 접시처럼 어느 한 정점을 향하여 모든 에너지가 집중되다가 어느 순간 불꽃처럼 일시에 꺼져버리는 절대무화 상태가 펼쳐지고 있다.

> 화구에서 육신이 무너져 내릴 때 솟아오르는 화력은
> 구멍을 통과할 때 가장 거세다
> 살을 태워 녹이고 장기를 태워 녹이고
> 그다음
> 눈, 코, 입, 구멍 속으로 솟구쳐 오르는 불길
> — 「화력은 구멍에서 가장 세다」 부분

> 절정은 그리 오래가지 않아요
> 당신을 사랑하는 일, 이 화형의 절정
> 사랑의 음모에 수작에 휘말려 불타는
> — 「불타는 조개구이」 부분

> 사랑도 너와 나의 뼈가 부딪치며 내는 소리라는 생각
> (중략)
> 당신은 내 가슴의 깊은 적막을 깨고 뼛속까지 뚜벅뚜벅 걸어 들어 왔다

뼈다귀의 소멸은 모든 육체의 소멸

－「뼈와 뼈」부분

「화력은 구멍에서 가장 세다」는 육신을 태워 마지막 장례를 치루는 화장장의 모습을 극화하고 있다. 장례식의 최후의 절차, 육신을 태우는 존재의 종말식이 생생하게 재현되고 있다.

시인은 '담담한 놀라움'과 '차가운 놀라움'으로 하나의 육신이 불꽃 속에 소멸하는 과정을 지켜보고 있다. 그의 시선은 불꽃에 닿아 있고, 그 불꽃은 '살을 태워 녹이고, 장기를 태워 녹이며', 마침내 눈, 코, 입의 구멍 속으로 솟구쳐 오른다. 그 구멍 속을 솟구치는 불길이 절정임을 간파한다. 이 강력한 불길, 거대한 화력에 의해 마침내 육신은 한 줌의 재로 사라진다. 맹렬히 타오르던 불꽃이 사라지면서 인간존재도 절대무화 상태로 귀결되는 것이다. 불꽃의 축제, 불꽃의 격렬한 열정과 충동, 그 앞에서 인간존재는 한갓, 무의미한 티끌로 사라지는 것이다. 이처럼 이 시는 격렬한 불꽃 상상력을 통하여 인간 존재의 허무와 무상을 극적으로 부조하고 있다. 「불타는 조개구이」는 연탄불에 타오르는 조개처럼 사랑의 열병에 걸려 활활 타오르는 사랑의 열정을 그리고 있다. 조개구이처럼 활활 타올라 당신을 사랑하는 일은 그래서 '화형의 절정'이 된다. 화형처럼 죽음에 이르는 사랑의 열병, 그 절정의 미학은 「뼈와 뼈」로 이어진다. '내 가슴의 적막을 깨고 뼛속까지 뚜벅뚜벅 걸어 들어 온' 당신, 그리하여 두 사람은 뼈와 뼈가 부딪치는 사랑을 나누었다. 그러나 그 뼈다귀는 소멸하고, 사랑의 불꽃도 이내 꺼지고 만다. 뼈 부딪치는 소리로 은유된 사랑은 기실 불꽃 같은 일시적 사랑에 불과한 것이다.

예시한 타나토스 충동과 관상학적 방법, 무네메적 회상구조와 불꽃 상상력은 최명란 시의 시세계에 본질의 불빛을 던져주는 라임 라이트이다. 하이데거가 천명한 존재의 빛을 밝혀주는 언어의 조명기능, 그 역할을 수행하고 있는 것이 예시한 시적 장치들이다. 이러한 시적 장치들을 통하여 그의 시의 기저를 이루는 존재론적 문제들은 좀 더 선명한 빛으로 우리에게 다가올 수 있었던 것이다. 최명란 시인은 존재론적 탐색이라는 주제론적 깊이와 효과적인 방법론적 무기를 동반한 형이상학파 시인으로 우리에게 다가오고 있다.